CB034930

A IRMÃ DO SOL

Andrew Lang

Adaptação ANA MARIA MACHADO

Tradução LUISA BAETA

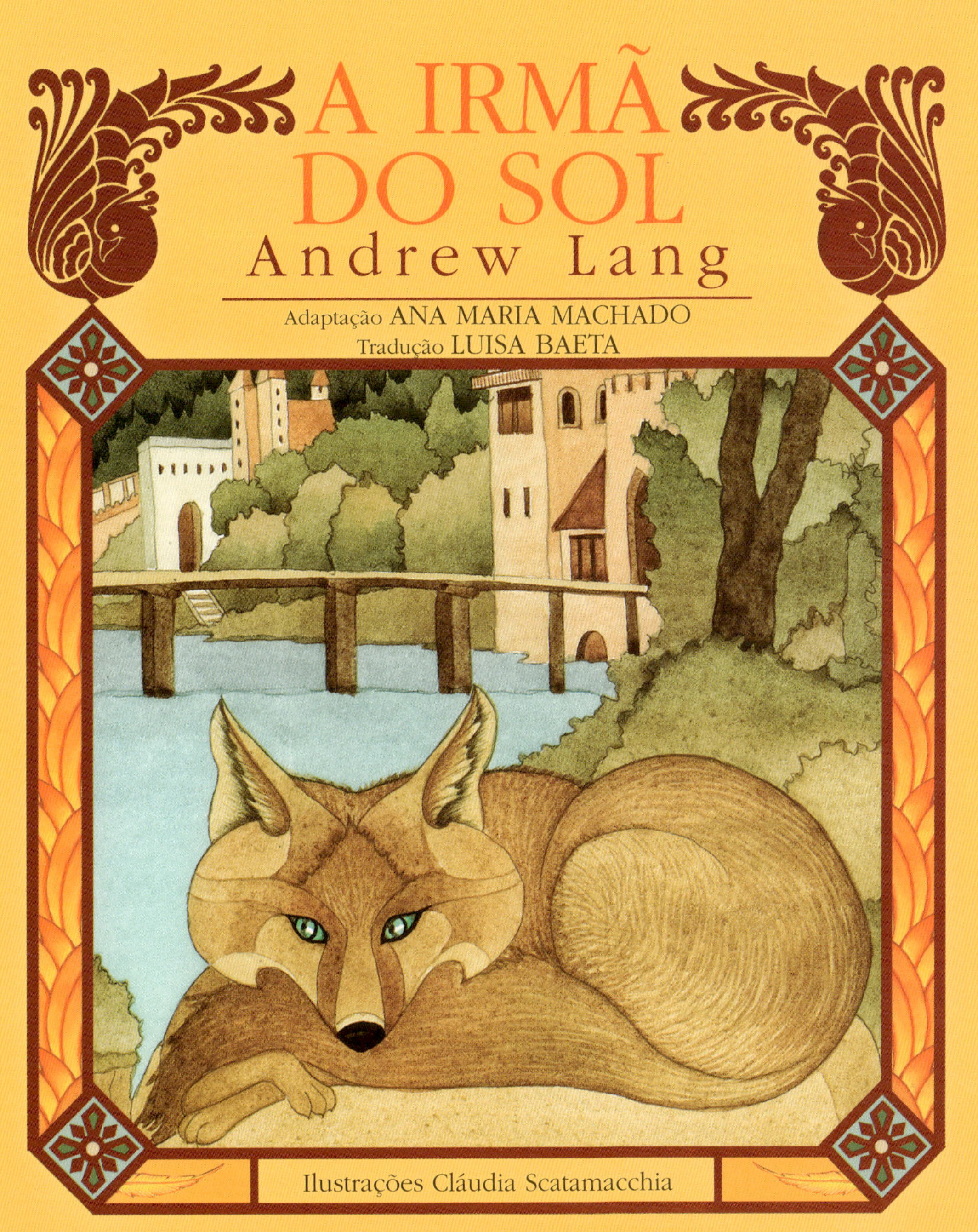

Ilustrações Cláudia Scatamacchia

Série Encantos

HÁ MUITO TEMPO, NUM REINO MUITO DISTANTE, vivia um jovem príncipe cujo companheiro de brincadeiras predileto era o filho de um jardineiro que morava perto do palácio.

O rei bem que preferia que ele tivesse escolhido um amigo entre os pajens que eram criados com a corte. Mas o príncipe não gostava deles. E como era um menino muito mimado e todos sempre faziam todas as suas vontades, e como o filho do jardineiro era um menino quieto e bem-comportado, o garoto escolhido era obrigado a ficar no palácio o tempo todo – manhã, tarde e noite.

A brincadeira preferida das crianças era o jogo de arco e flecha, já que o rei tinha dado dois arcos exatamente iguais, um para cada menino. Os dois passavam o dia inteiro vendo quem conseguia atirar mais alto. Uma brincadeira bem perigosa. Era uma tremenda sorte nenhum dos dois sair machucado. Sabe-se lá como eles conseguiram escapar disso.

Certa manhã, quando o príncipe já tinha acabado suas lições, chamou o amigo e os dois correram para o pátio onde sempre brincavam. Os dois pegaram os arcos e as flechas na cabaninha onde ficavam os brinquedos, e começaram a dispará-las para o alto. Até que aconteceu uma coisa: os dois acabaram atirando ao mesmo tempo e, quando as duas flechas caíram de volta no chão, havia uma pena de galinha dourada fincada em uma delas.

As duas flechas eram iguaizinhas. Mesmo olhando de perto não dava para ver diferença entre elas. Não tinha como saber de quem era a flecha premiada. O príncipe declarou que era a sua. O filho do jardineiro tinha certeza de que era a dele – e nesse caso tinha toda razão. De qualquer jeito, como os dois discutiam e não conseguiam decidir o assunto, resolveram perguntar ao rei.

Ao ouvir a história, o rei decidiu que a flecha com a pena pertencia ao seu filho. Só que o outro menino não queria nem saber: continuou insistindo que a pena era dele. Até que a paciência do rei se esgotou, e ele disse, irritado:

– Pois bem. Se você tem tanta certeza de que a pena é sua, sua ela será. Porém, você vai ter que procurar até encontrar uma galinha dourada, a quem falte uma pena do rabo. E, se falhar, o preço será a sua cabeça.

O GAROTO PRECISOU DE MUITA CORAGEM PARA OUVIR EM SILÊNCIO AS PALAVRAS DO REI. Ele não fazia ideia de onde encontrar a tal galinha dourada e, mesmo que descobrisse isso, não sabia como ia fazer para capturar o animal. Então foi para casa, botou um pouco de comida em uma sacola e partiu pela estrada. Não tinha noção de que rumo ia tomar, mas torcia para que algum acaso ou incidente indicasse qual caminho devia seguir.

Andou, andou, andou. Depois de andar por vários dias, encontrou uma raposa. Estava com a perna presa numa armadilha e ele a ajudou a se soltar. Ela ficou muito agradecida. E o rapaz ficou tão contente de achar alguém para conversar que sentou ao lado dela e começou a falar.

– Para onde você está indo? – perguntou a raposa.

– Eu tenho que encontrar uma galinha dourada que perdeu uma pena do rabo – respondeu o garoto. – Mas eu não sei onde ela mora, nem como vou fazer pra pegá-la!

– Ah, eu posso te mostrar o caminho – disse a raposa, que era mesmo muito prestativa. – Lá longe, lá na direção do leste, mora uma donzela linda que todos chamam a "Irmã do Sol". Ela tem três galinhas douradas em casa. Talvez a pena pertença a uma delas.

O rapaz ficou encantado com essa notícia, e os dois caminharam juntos pelo resto do dia. A raposa ia à frente e o garoto seguia atrás. Quando caiu a noite, eles se deitaram para dormir, usando a sacola como travesseiro.

Na manhã seguinte, quando o sol se levantou, os dois partiram novamente. Andaram, andaram, andaram. Depois de caminhar vários dias, chegaram ao castelo da Irmã do Sol, que tinha as galinhas douradas entre seus tesouros. Pararam em frente aos portões e se puseram a discutir sobre qual deles deveriam entrar para ver a donzela e pedir uma ave de seu galinheiro.

– Acho que o melhor seria eu entrar sem ninguém ver
e roubar a galinha – disse a raposa.
Isso não agradou ao garoto:
– Não. É minha responsabilidade, e o certo seria eu mesmo ir.
– Você terá muita dificuldade para capturar
a galinha – falou a raposa.
– Ah, não vai me acontecer nada – retrucou o rapaz.
– Então vá – aconselhou a raposa. – Mas tome cuidado para não
cometer nenhum erro. Pegue só a galinha que tem
uma pena do rabo faltando e deixe as outras em paz.

O GAROTO ENTÃO ENTROU NO PÁTIO DO PALÁCIO.

Logo viu as três galinhas desfilando orgulhosamente pelo pátio. Pelo menos, foi o que pensou. Na verdade elas estavam só andando de um lado para o outro, ciscando o chão e imaginando se iriam encontrar grãozinhos gostosos para comer. Finalmente, a terceira galinha passou perto do garoto e ele reparou que faltava uma pena no rabo dela.

Quando viu isso, deu um pulo para a frente e agarrou a ave pelo pescoço para ela não conseguir se soltar. Então, com a galinha bem presa debaixo do braço, voltou direto para o portão. Infelizmente, bem na hora em que estava prestes a sair, o garoto olhou para trás e viu de relance, através de uma porta aberta do palácio, todo o esplendor que se escondia lá dentro.

"Eu não estou com pressa, afinal de contas", o garoto disse a si mesmo. "Já que eu estou mesmo aqui, não custa nada ver um pouco."

Então deu meia volta e regressou ao palácio. Esqueceu completamente da galinha, que aproveitou para escapar do seu braço e correr para junto das irmãs.

Ele estava tão fascinado com a visão de todas aquelas coisas lindas que via através da porta que nem reparou que perdera o prêmio que tinha ido buscar. Já estava fora de casa havia muito tempo. Crescera e não era mais aquele menino que só pensava em brincadeiras, flechas, penas. Percebia que havia muito mais coisas interessantes no mundo e ficava curioso por ver tudo o que pudesse.

Logo em seguida esqueceu até que existiam galinhas no mundo, quando se deparou com a visão da Irmã do Sol dormindo em uma cama na sua frente.

Durante um tempão o rapaz só ficou parado, olhando. De repente caiu em si, e percebeu que aquilo não era da sua conta. Afinal, ele não tinha nada que estar ali, era um intruso. Percebendo isso, saiu do palácio em silêncio. Por sorte, conseguiu capturar novamente a galinha, e já estava saindo pelo portão quando parou de novo.

"E por que eu não deveria olhar para a Irmã do Sol?", pensou consigo mesmo. "Ela está dormindo, e nunca vai saber."

ASSIM PENSANDO, DEU MEIA VOLTA PELA SEGUNDA VEZ E ENTROU pela porta do palácio novamente, enquanto a galinha se esgueirou para fugir como antes. Depois de olhar bastante, ele voltou para o pátio e pegou outra vez a galinha, que estava ciscando à procura de milho.

Quando estava chegando ao portão, mais uma vez parou.

"Por que eu não dei um beijo nela?", pensou. "Eu nunca mais vou ter a chance de beijar uma mulher tão linda".

O rapaz levantou as mãos para o alto, arrependido, e a galinha caiu no chão e fugiu.

– Mas ainda dá tempo! – exclamou, animado.

Assim, correu de volta para o quarto e beijou a donzela na testa.

Porém, quando ele voltou para o pátio, viu que as galinhas tinham ficado tão assustadas que não deixavam mais ele chegar perto. E, pior ainda, começaram a cacarejar tão alto que a Irmã do Sol acordou com o barulho.

Assustada, a moça pulou da cama. E logo veio até a porta falar com o rapaz.

Ele ficou deslumbrado. De olhos abertos, era ainda mais bonita. E com ela o dia clareava, porque, assim que acordava, se abria também uma estrela que ela trazia na testa e iluminava tudo. Mas estava zangada:

– O que você está aí fazendo com minhas galinhas douradas?

O rapaz explicou que precisava de uma delas para salvar a própria vida.

– Você jamais, jamais, terá minha galinha até trazer de volta a minha irmã, que foi sequestrada por um gigante e levada ao seu castelo, muito longe daqui.

Triste e lentamente, o jovem saiu do palácio e contou a história à raposa, que estava esperando do lado de fora do portão. Disse como tinha segurado a galinha nos braços três vezes, e deixado o animal fugir.

– Eu sabia que não ia ser tão fácil assim – suspirou a raposa, sacudindo a cabeça. – Não podemos perder mais tempo. Vamos partir imediatamente em busca dessa tal irmã. Por sorte, eu sei o caminho.

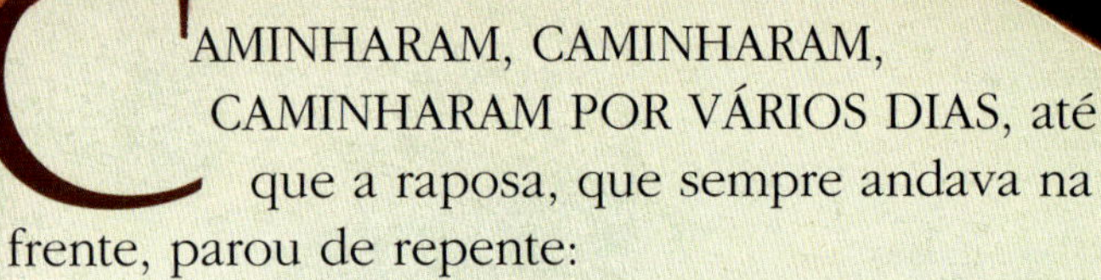

CAMINHARAM, CAMINHARAM, CAMINHARAM POR VÁRIOS DIAS, até que a raposa, que sempre andava na frente, parou de repente:

– O castelo do gigante não é longe daqui. E não é um gigante só: ele mora com muitos outros. Mas quando chegarmos lá você tem que esperar na porta enquanto eu entro e busco a princesa. Vou trazer a princesa diretamente para fora. Então você tem que segurá-la firme e correr para longe o mais rápido possível. Enquanto isso, eu volto para dentro do castelo e distraio os gigantes, para eles não perceberem que a princesa escapou.

Dali a pouco chegaram ao castelo e a raposa, que já tinha estado lá antes, entrou sorrateiramente, sem nenhuma dificuldade. Havia vários gigantes no salão, velhos e jovens, e estavam todos dançando em volta da princesa. Assim que viram a raposa, exclamaram:

– Olá, velha raposa! Há muito tempo não nos vemos! Venha dançar também!

A raposa ficou de pé e dançou com alguns deles. Pouco tempo depois, ela parou e disse:

– Eu conheço um passo de dança novo e muito bonito que quero mostrar a vocês. Só que é um passo para duas pessoas. E vocês são imensos, não dá para a gente se abraçar. Se a princesa me conceder a honra por alguns minutos, logo todos verão como se dança.

– Ah, mas que ótimo! Queremos mesmo algo novo – responderam os gigantes, pondo a princesa nas patas esticadas da raposa.

O bicho não perdeu a oportunidade. Rapidamente, deu um jeito de derrubar o grande candelabro que iluminava o salão, e, enquanto a escuridão tomava conta do recinto, aproveitou para levar a princesa até o portão. O rapaz imediatamente segurou a moça, como combinado, e a raposa voltou correndo ao salão antes que alguém desse falta dela. Encontrou os gigantes ocupados tentando acender o fogo e conseguir um pouco de luz, mas dali a alguns minutos alguém gritou:

– Onde está a princesa?

– Aqui, nos meus braços – respondeu a raposa. – Não se preocupem, ela está bem segura.

A RAPOSA ESPEROU ALGUM TEMPO ATÉ ACHAR QUE O RAPAZ e a princesa estariam a uma distância segura, com umas cinco ou seis colinas entre eles e os gigantes. O bicho então deu um pulo e correu para a porta, gritando, enquanto corria:

– A donzela está aqui! Peguem se forem capazes!

Com essas palavras, os gigantes entenderam que seu tesouro tinha escapado e começaram a correr atrás da raposa o mais rápido que conseguiam, com aquelas pernas enormes.

Achavam que logo, logo iam alcançar o animal, que supostamente estava carregando a princesa nas costas. A raposa, por outro lado, era esperta demais para escolher o mesmo caminho que seu amigo tinha tomado. Em vez disso, correu pelo meio da floresta, dando voltas, até que ficou exausta e acabou dormindo debaixo de uma árvore. De fato, estava tão cansada depois de toda aquela correria que nem ouviu os gigantes se aproximando... Eles vinham chegando bem pertinho, esticando as mãos para agarrar o rabo peludo do animal, quando os olhos da raposa abriram de repente. E ela deu um pulo tão rápido que em instantes já estava fora do alcance dos gigantes novamente.

Durante todo o resto da noite ela correu e correu, mas, quando a luz rosada da alvorada começou a aparecer no horizonte, a raposa parou e esperou até quase ser alcançada. Quando os gigantes estavam prestes a pôr as mãos nela de novo, o animal se virou, apontou para o raiar do dia e disse, calmamente:

– Olhem, lá vem a Irmã do Sol.

Os gigantes todos se viraram ao mesmo tempo para olhar, e imediatamente se transformaram em estátuas de pedra. A raposa então fez uma mesura para cada uma das estátuas, e partiu para encontrar seus amigos.

Ela conhecia muitos atalhos pelo meio das colinas, e não demorou até alcançar os outros. Os três viajaram noite e dia até chegar ao castelo da Irmã do Sol.

O PALÁCIO EXPLODIU EM FESTA E ALEGRIA QUANDO VIRAM CHEGAR a princesa, que todos pensavam que estava morta!

E o rapaz, que tinha passado por tantos perigos para resgatá-la, foi tratado como herói! Teve logo sua recompensa: ganhou a galinha dourada de presente. E não foi só isso: a Irmã do Sol ficou tão contente com a volta de sua irmã que prometeu visitar o moço dali a algum tempo, quando ele fosse um pouco mais velho, então os dois se casariam. Marcou até dia e hora.

O rapaz mal podia acreditar quando ouviu a sorte que o aguardava, pois essa era a princesa mais bonita do mundo. E como ela trazia uma estrela na testa, por mais negra que estivesse a escuridão, sempre conseguia iluminar o escuro.

Assim, o rapaz partiu novamente, dessa vez de volta para casa, em companhia da raposa e com o coração alegre sempre que pensava na promessa da princesa. O animal quis ficar para trás, no lugar onde eles tinham se conhecido pela primeira vez:

– Você não precisa mais de mim. Cresceu, está um rapaz, pode se defender sozinho. Eu vou voltar para minha família.

Mesmo com dó, ele teve de concordar.

E assim, o rapaz chegou sozinho à sua cidade natal e aos portões do palácio. Com a galinha dourada debaixo do braço, apresentou-se diante do rei, e contou todas as suas aventuras. Falou também de sua felicidade futura, contando que um dia teria como esposa uma princesa maravilhosa e única, com uma estrela na testa capaz de transformar a noite em dia.

O rei escutou tudo em silêncio e, quando o garoto acabou de falar, disse gravemente:

– Se eu descobrir que essa história não é verdade, você será jogado em um caldeirão de piche fervendo.

– É verdade, cada palavra! – respondeu o rapaz.

E continuou a falar, informando a data e até a hora combinada em que sua noiva viria buscá-lo.

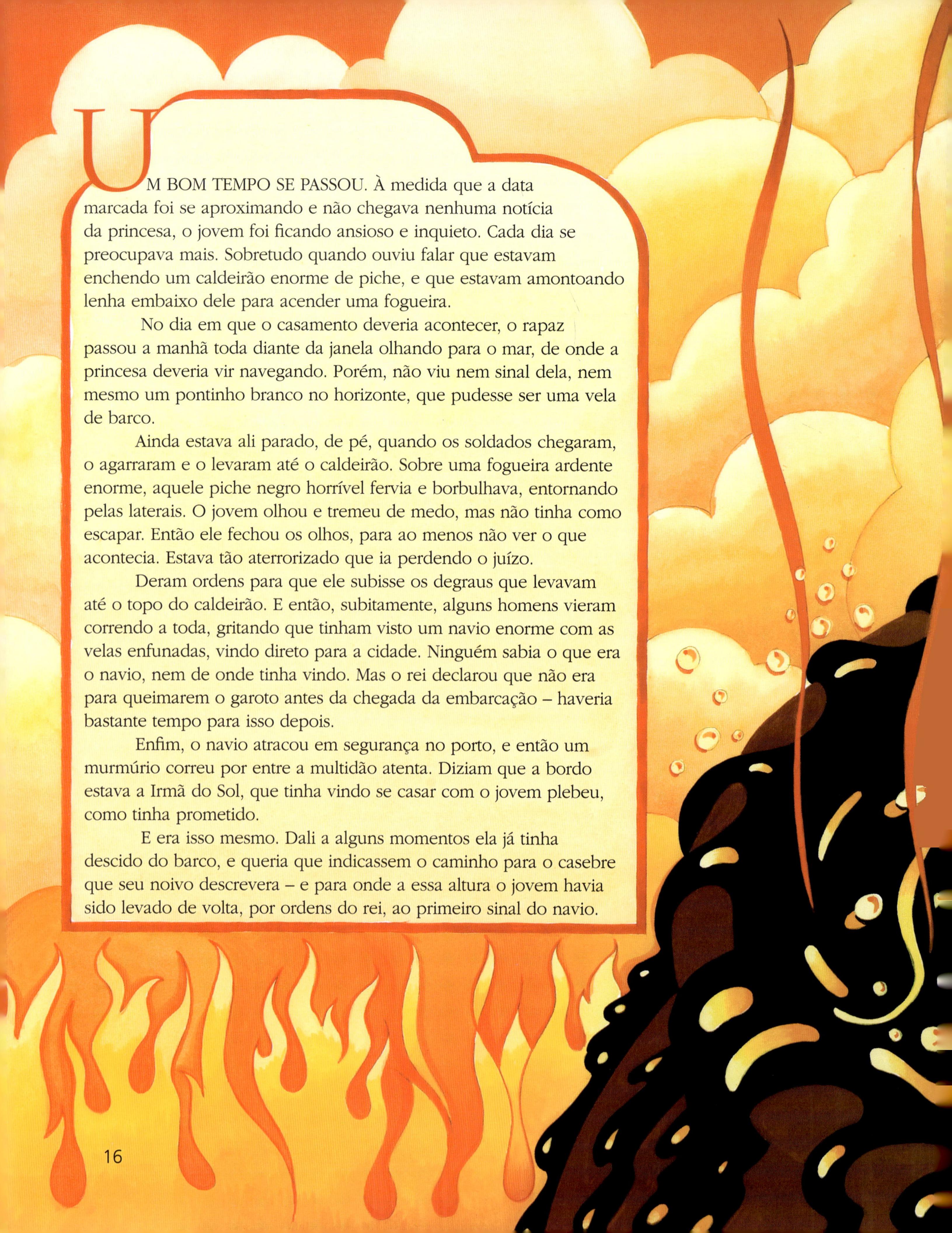

UM BOM TEMPO SE PASSOU. À medida que a data marcada foi se aproximando e não chegava nenhuma notícia da princesa, o jovem foi ficando ansioso e inquieto. Cada dia se preocupava mais. Sobretudo quando ouviu falar que estavam enchendo um caldeirão enorme de piche, e que estavam amontoando lenha embaixo dele para acender uma fogueira.

No dia em que o casamento deveria acontecer, o rapaz passou a manhã toda diante da janela olhando para o mar, de onde a princesa deveria vir navegando. Porém, não viu nem sinal dela, nem mesmo um pontinho branco no horizonte, que pudesse ser uma vela de barco.

Ainda estava ali parado, de pé, quando os soldados chegaram, o agarraram e o levaram até o caldeirão. Sobre uma fogueira ardente enorme, aquele piche negro horrível fervia e borbulhava, entornando pelas laterais. O jovem olhou e tremeu de medo, mas não tinha como escapar. Então ele fechou os olhos, para ao menos não ver o que acontecia. Estava tão aterrorizado que ia perdendo o juízo.

Deram ordens para que ele subisse os degraus que levavam até o topo do caldeirão. E então, subitamente, alguns homens vieram correndo a toda, gritando que tinham visto um navio enorme com as velas enfunadas, vindo direto para a cidade. Ninguém sabia o que era o navio, nem de onde tinha vindo. Mas o rei declarou que não era para queimarem o garoto antes da chegada da embarcação – haveria bastante tempo para isso depois.

Enfim, o navio atracou em segurança no porto, e então um murmúrio correu por entre a multidão atenta. Diziam que a bordo estava a Irmã do Sol, que tinha vindo se casar com o jovem plebeu, como tinha prometido.

E era isso mesmo. Dali a alguns momentos ela já tinha descido do barco, e queria que indicassem o caminho para o casebre que seu noivo descrevera – e para onde a essa altura o jovem havia sido levado de volta, por ordens do rei, ao primeiro sinal do navio.

— LEMBRA DE MIM? – PERGUNTOU A IRMÃ DO SOL, CURVANDO-SE SOBRE O JOVEM DEITADO.

Ele estava atordoado de pavor. Perdera a memória e nem conseguia pensar direito.

– Não, não, eu não te conheço – respondeu, sem levantar os olhos.

– Me dê um beijo – disse a moça.

O rapaz obedeceu, mas ainda sem olhar para cima.

– Não me reconhece agora? – ela perguntou.

– Não, eu não te conheço! Eu não te conheço! – ele respondeu, como um homem levado à loucura pelo medo.

Com isso, a Irmã do Sol ficou bastante assustada. Mas, começando do começo, contou a história toda de como eles tinham se conhecido e de como ela tinha viajado muitos quilômetros para se casar com ele.

Enquanto ouvia, o rapaz foi abrindo os olhos. E quando viu a estrela brilhante na testa dela, lembrou de tudo e abraçou sua amada.

Mas não foi só ele quem se encantou com a estrela. Assim que ela terminou de falar, a porta se abriu e entrou o rei, para verificar se o que o rapaz tinha dito era mesmo verdade.

Mal o rei abriu a porta, foi ofuscado pela luz que enchia o casebre. Então, se lembrou do que tinha ouvido sobre a estrela na testa da princesa. Cambaleou para trás, como se atingido por uma flecha, e um sentimento curioso tomou conta dele, uma coisa que nunca tinha sentido antes. Caindo de joelhos diante da Irmã do Sol, ele implorou para que ela esquecesse aquele camponesinho, um reles plebeu, e se casasse com ele, o rei, vindo a ser sua rainha e dividindo com ele o trono.

Mas ela apenas sorriu, dizendo que não precisava, pois já tinha um trono melhor. Se quisesse um trono, sentaria no seu próprio. Disse também que ela era livre para fazer o que bem entendesse, e não teria nenhum outro marido a não ser o rapaz que jamais teria conhecido se não fosse por causa do próprio rei.

– Eu me casarei com ele amanhã – concluiu.

E ordenou que os preparativos começassem imediatamente.

QUANDO CHEGOU O DIA SEGUINTE, PORÉM, O PAI DO NOIVO INFORMOU a princesa que, pela lei do reino, o casamento tinha que acontecer na presença do rei. E disse que deviam esperar Sua Majestade, que não demoraria a chegar.

Uma hora ou duas se passaram. Estava todo mundo esperando, quando finalmente o som das trombetas se ouviu e uma grande procissão foi vista marchando pela rua. Uma cadeira coberta de veludo tinha sido preparada para o rei, que se sentou e, olhando para a multidão em volta, disse:

– Eu não desejo proibir esse casamento. Porém, antes que eu possa permitir que ele seja celebrado, o noivo deve provar que é digno de tal donzela. Para isso ele deve cumprir três tarefas, e a primeira é que em um só dia ele deve cortar todas as árvores de uma floresta inteira.

O jovem ficou estupefato com as palavras do rei. Ele nunca tinha cortado uma árvore na vida, e não fazia ideia nem de como começar. Quanto mais uma floresta inteira!

A princesa percebeu o que se passava na cabeça do noivo, e sussurrou em seu ouvido:

– Não tenha medo. No meu navio você vai encontrar um machado que você deve levar até a floresta. Quando tiver cortado uma árvore com ele, basta dizer "que caia a floresta!", e num instante todas as árvores terão caído por terra. Mas lembre-se de pegar três lascas de madeira da árvore que você tiver cortado e guardá-las no bolso.

O jovem fez exatamente como ela tinha explicado, e logo voltou com as três lascas no bolso.

Na manhã seguinte, a princesa disse que tinha pensado no assunto e que, como ela não era súdita do rei, não via motivo para ser sujeita às suas leis. E ela queria se casar naquele dia mesmo.

O pai do noivo explicou que não tinha problema ela dizer essas coisas, mas que o caso do seu filho era bem diferente, pois ele pagaria com a própria cabeça se desobedecesse às ordens do rei. Entretanto, em consideração pelo que o rapaz tinha feito na véspera, seu pai esperava que o coração de Sua Majestade estivesse comovido. Contou também que eles tinham recebido uma mensagem dizendo para irem ao encontro do rei imediatamente. Na certa seriam boas notícias.

Com isso, o casal ficou bem contente, e foi para o salão do palácio esperar com paciência que o rei chegasse.

O rei não demorou muito, mas dava para ver na expressão do seu rosto que o que estava para acontecer não era nada bom.

— O CASAMENTO NÃO PODE OCORRER – FALOU O REI, BEM DIRETO –, até que o jovem tenha enraizado novamente todas as árvores que ele cortou ontem.

Isso parecia ainda muito mais difícil do que o que ele tinha feito antes, e o jovem, desesperado, se voltou para a Irmã do Sol.

– Não se preocupe. Está tudo bem – ela sussurrou, otimista. – Leve esta água e regue uma das árvores caídas, dizendo: “Que se erga a floresta!”. Rapidamente todas elas ficarão de pé.

O rapaz fez exatamente como combinado, e deixou a floresta igualzinha a como era antes.

A princesa achou que agora certamente não haveria necessidade de adiar o casamento, e ordenou que começassem os preparativos para que fosse realizado no dia seguinte. Mas novamente seu futuro sogro interferiu, explicando que sem o consentimento do rei não haveria casamento.

Pela terceira vez chamaram Sua Majestade. E pela terceira vez ele declarou que não poderia dar a permissão para o casamento a não ser que o noivo cumprisse uma tarefa: dessa vez, o jovem deveria matar uma serpente que morava no rio que corria perto do castelo.

Todo mundo no reino já tinha ouvido histórias horríveis sobre essa serpente, embora ninguém tivesse realmente visto o monstro. Mas de vez em quando alguma criança ia brincar longe de casa e nunca mais voltava, e então as mães proibiam os filhos de brincar perto do rio, em cujas margens cresciam frutinhas apetitosas e flores lindas.

Então, não foi à toa que o rapaz teve um calafrio e ficou pálido quando ouviu essa ordem.

– Você também vai vencer essa tarefa – sussurrou a Irmã do Sol, segurando sua mão –, pois no meu navio tem uma espada mágica que corta tudo. Vá até o rio, desamarre um bote que fica ancorado lá e jogue as três lascas de madeira da árvore na água. Quando a serpente levantar o corpo, você vai cortar as três cabeças do monstro com um golpe da espada. Corte a pontinha de cada língua e leve-as com você amanhã de manhã para a cozinha do rei. Se o próprio rei entrar, diga simplesmente: “Aqui estão três presentes que eu ofereço em troca dos serviços que me pediu”, e jogue as pontas das línguas da serpente nele. Em seguida, saia correndo para o navio o mais rápido que puder. Mas tome muito cuidado para não olhar para trás nenhuma vez.

O rapaz fez exatamente o que a princesa disse. As três lascas, quando caíram no rio, viraram um barco, e enquanto ele navegava rio acima a serpente emergiu das profundezas, sibilando. O jovem já estava com a espada pronta, e num instante as três cabeças estavam boiando na água. Guiando o barco até chegar ao lado delas, ele se abaixou e cortou as pontas das três línguas, e então remou de volta para a margem.

NA MANHÃ SEGUINTE, LEVOU AS LÍNGUAS ATÉ A COZINHA REAL. Quando sua majestade entrou para ver o que tinha para o jantar como era de costume, o noivo jogou as três pontas de língua na cara do rei, dizendo:

– Aqui estão três presentes que eu ofereço em troca dos serviços que me pediu!

Abrindo a porta da cozinha, o rapaz correu para o navio. Infelizmente, ele se perdeu no caminho, e estava com tanta pressa que acabou correndo de um lado para o outro, sem saber direito para onde estava indo. No fim, sem saber o que fazer, acabou olhando para trás e levou um susto ao ver que a cidade e o palácio tinham desaparecido completamente. Olhou para o outro lado e viu, muito, muito longe, o navio com as velas içadas, sendo levado pelo vento.

Essa visão horrível pareceu deixar o jovem meio atordoado, e durante o dia todo ele perambulou sem saber que caminho tomar, até que, quando estava anoitecendo, notou a fumaça que subia de uma cabaninha de palha perto dali.

Andou direto até lá e gritou:

– Ó senhora, me deixe entrar, por misericórdia!

A velha que morava lá abriu a porta e convidou o jovem para entrar. Mal ele entrou, já foi perguntando:

– Ó senhora, pode me dizer alguma coisa a respeito da Irmã do Sol?

Mas a mulher simplesmente abanou a cabeça:

– Não sei nada sobre ela – respondeu.

O jovem se virou para sair da cabana, mas a velha o interrompeu e, colocando uma carta em suas mãos, implorou que ele a entregasse para a irmã dela um pouco mais velha. E aconselhou:

– Se você ficar cansado no meio do caminho, pegue a carta e abane o papel!

Esse conselho surpreendeu bastante o rapaz, que não via como isso poderia ajudar. Mas não disse nada, só pegou a carta e seguiu pela estrada sem saber para onde estava indo. Seguiu andando por horas, até ficar tão cansado que não aguentava mais andar.

Então se lembrou do que a velha tinha dito. Bastou abanar as folhas uma vez, que todo seu cansaço desapareceu, e ele seguiu andando com plena energia até chegar a uma outra cabana de palha.

– Deixe-me entrar, eu lhe peço, ó senhora! – gritou o rapaz.

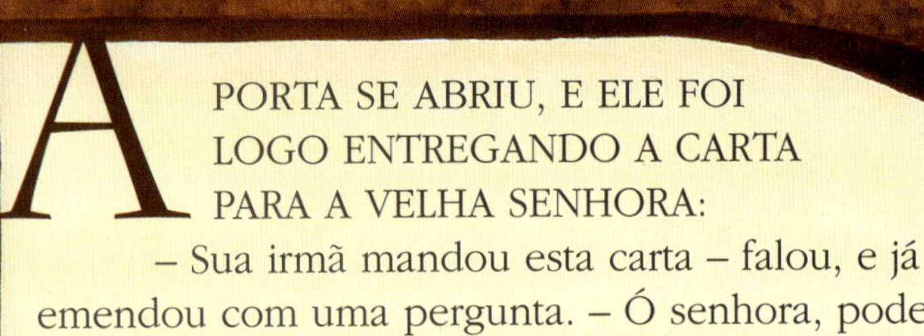

A PORTA SE ABRIU, E ELE FOI LOGO ENTREGANDO A CARTA PARA A VELHA SENHORA:

– Sua irmã mandou esta carta – falou, e já emendou com uma pergunta. – Ó senhora, pode me dizer alguma coisa a respeito da Irmã do Sol?

– Não, não sei nada sobre ela – respondeu a velha.

Enquanto o jovem se virava, desanimado, ela o interrompeu:

– Se você passar pela casa da minha irmã mais velha, pode entregar-lhe esta carta? – falou a velha, dando uma carta nas mãos do rapaz. – E se você se cansar no meio do caminho, é só abanar o papel!

Então o jovem pôs a carta no bolso e andou um dia inteiro pelas colinas até chegar a uma cabana igualzinha às outras duas.

– Ó senhora, me deixe entrar, por favor!

Assim que entrou, já foi dizendo:

– Tenho aqui uma carta da sua irmã. Pode me dizer alguma coisa a respeito da Irmã do Sol?

– Posso, sim – respondeu a velha. – Ela mora em um castelo muito longe daqui, num reino chamado Banka. O pai dela perdeu uma grande batalha há alguns dias porque você tinha roubado a espada dele, e a própria Irmã do Sol está quase morrendo de desgosto. Por isso, quando encontrar a princesa, espete um alfinete na mão dela e sugue as gotas de sangue que escorrerem. Assim, ela vai ficar mais calma e se lembrará de você. Mas tome cuidado: antes de chegar a Banka, coisas assustadoras vão acontecer.

O rapaz agradeceu à senhora com lágrimas de alegria pelas notícias da noiva, e continuou sua jornada. Ele não tinha ido muito longe quando encontrou, em uma curva da estrada, dois irmãos que brigavam por um pedaço de pano.

– Meus bons homens, para que brigar? – perguntou. – Esse pano nem parece que vale muita coisa!

– Ah, está mesmo esfarrapado – responderam os homens. – Mas isso foi uma herança do nosso pai, e quem se enrola nesse pano se torna invisível! Por isso nós dois o queremos.

– Deixem-me experimentar o pano então – sugeriu o jovem –, e aí eu posso dizer de quem ele deve ser.

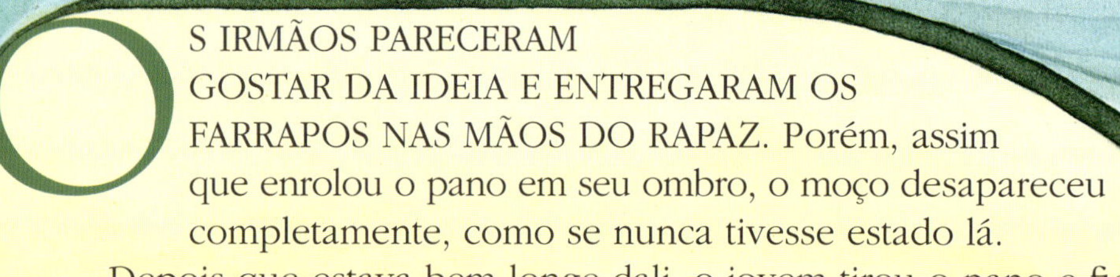

OS IRMÃOS PARECERAM GOSTAR DA IDEIA E ENTREGARAM OS FARRAPOS NAS MÃOS DO RAPAZ. Porém, assim que enrolou o pano em seu ombro, o moço desapareceu completamente, como se nunca tivesse estado lá.

Depois que estava bem longe dali, o jovem tirou o pano e ficou visível novamente. Continuou andando até encontrar dois homens que brigavam por uma toalha de mesa.

– Qual é o problema? – perguntou, parando na frente dos dois.

– Se essa toalha for estendida sobre uma mesa – responderam –, no mesmo instante a mesa se enche de um banquete com iguarias deliciosas! Nós dois queremos a toalha.

– Por que vocês não me deixam experimentar a toalha, e eu decido quem deve ficar com ela?

Os dois homens acharam essa ideia ótima e entregaram a toalha ao jovem. Imediatamente ele se enrolou no pano que tinha conseguido antes e sumiu de vista, deixando os dois homens confusos e se sentindo muito bobos.

Depois de andar mais um pouco, viu mais dois homens na beira da estrada, cada um puxando uma ponta de um bastão, e cada hora parecia que um deles estava quase conseguindo ficar com o bastão todo, até que o outro puxava de volta.

Já sem o pano que o deixava invisível, andou até os dois homens e perguntou:

– Por que vocês estão brigando? Aqui em volta mesmo dá pra cortar uma dúzia de galhos de árvore que dariam bastões tão bons quanto esse!

Os dois homens pararam de brigar e olharam para ele. Um deles exclamou:

– Ah! Isso é o que você pensa! Esse é um bastão mágico. Basta um golpe com uma ponta para matar um homem, e um simples toque com a outra ponta o traz de volta à vida. Você não vai encontrar outro bastão desses por aí!

– É, não vou mesmo! – respondeu o jovem. – Deixem-me dar uma olhadinha de perto e eu decido quem deve ficar com ele.

Os homens gostaram da ideia, e entregaram o bastão a ele.

– É bem especial, mesmo – disse. – Mas qual das duas pontas traz os homens de volta à vida? Afinal, qualquer bastão pode matar um homem com um golpe bem dado!

Assim que os homens mostraram para ele a ponta que ele queria saber, o rapaz jogou o pano esfarrapado sobre os ombros e desapareceu.

FINALMENTE, ENCONTROU DOIS HOMENS QUE BRIGAVAM POR UM PAR DE SAPATOS.

– Por que vocês não deixam esses sapatos velhos em paz? – perguntou. – Puxa, não dá pra andar nem meia légua com isso aí!

– É, eles estão bem velhos – responderam os homens –, mas quem calça esses sapatos e deseja estar em algum lugar é levado para lá imediatamente, sem ter que viajar!

– Isso deve ser bem útil! – disse o jovem.

– Deixem-me experimentar os sapatos, e assim eu posso decidir de quem eles devem ser.

Os homens pareceram bem contentes com essa ideia, e entregaram o par ao rapaz. Porém, assim que pôs os sapatos no pé, o jovem gritou:

– Eu desejo estar no castelo em Banka!

Imediatamente, sem nem saber como, o rapaz se viu lá no castelo, e encontrou a Irmã do Sol morrendo de desgosto. Ele ajoelhou ao seu lado e, puxando um alfinete do bolso, espetou-o na palma da mão da moça até uma gota de sangue escorrer. Em seguida sugou o sangue, como tinha sido instruído pela velha, e imediatamente a princesa voltou a si e abraçou o noivo. Ela então contou toda a história do que tinha acontecido desde que o navio partira sem ele.

– Mas a pior desgraça de todas – concluiu ela – foi a batalha que meu pai perdeu porque você tinha sumido com a espada. De todo o exército quase ninguém sobreviveu.

– Deixe-me ver o campo de batalha – pediu o rapaz.

A princesa levou o noivo para um bosque selvagem, onde vários corpos estavam jogados como tinham caído, esperando para serem enterrados. Um por um, o jovem tocou nos mortos com a ponta do bastão, até todos estarem vivos e de pé diante dele. Ao redor de todo o reino só havia felicidade, e desta vez o casamento foi mesmo celebrado.

A toalha mágica cobriu mesas e mesas de finas iguarias para um banquete servido a todos os habitantes do reino – nobres e plebeus. O casal viveu feliz para sempre no castelo em Banka até o fim de seus dias. Mas de vez em quando o rapaz usava os outros presentes. Com o pano que o deixava invisível, saía para ouvir as queixas do povo e poder dar jeito em seus problemas. E, com os sapatos velhos, ia visitar o pai e a amiga raposa sempre que sentia saudades.

Posfácio

Uma estrela na testa

Andrew Lang organizou no século XIX, na Inglaterra, uma série de treze antologias de contos de fadas que fizeram muito sucesso e se tornaram clássicos absolutos. Distinguiu-os apenas pelas cores que escolhia para as capas: o *Livro Azul das Fadas*, o *Livro Rosa das Fadas*, o *Livro Vermelho*, e assim por diante, aleatoriamente. Não saiu pelas aldeias europeias ouvindo histórias. Sua pesquisa foi em bibliotecas públicas e particulares, incluindo revistas de antropologia, relatos de viajantes e nos livros que os amigos e conhecidos tivessem em suas estantes. O resultado é uma coleção variadíssima e irregular, com contos de todos os quadrantes do mundo, da Pérsia ao Brasil, da Nova Caledônia aos grupos indígenas da América do Norte. Sua influência foi enorme, sua obra foi lida e relida em reedições seguidas, desdobrando-se em centenas de outras versões, a encantar meninos e meninas de vários países em sucessivas gerações. Por isso achei interessante ir garimpar um pouco nesse grande tesouro da série de Andrew Lang, em busca de histórias menos conhecidas entre nós.

A *Irmã do Sol* teve como fonte uma coletânea de contos de fadas da Lapônia, cujo responsável Lang não identifica, limitando-se a dar o crédito do título da obra (*Lappländische Märchen*). Alguns elementos da história fazem mais sentido se soubermos que ela vem de uma terra onde o sol, no inverno, não é visto durante seis meses. Essa lembrança torna muito mais significativo o detalhe poético de uma princesa que tem uma estrela na testa e com isso traz a luz. A tradutora me chamou a atenção também para a independência feminina dessa personagem nórdica, que toma a iniciativa de propor casamento ao rapaz, não tem medo do rei e o enfrenta, dando-se até ao desplante de menosprezar o trono que lhe é oferecido com o argumento de "trono por trono, eu também tenho um e prefiro o meu". E ainda introduz uma questão quase legal sobre a jurisdição das ordens reais: não é súdita dele, não tem nada que respeitar suas leis arbitrárias. Talvez, realmente, com isso já se anuncie nesta história a segurança e a autonomia femininas, em que as mulheres da região foram pioneiras. É uma hipótese interessante.

Evidentemente, a história tem a mistura de vários elementos. Muitos já conhecidos de outros contos, como o rei autoritário, o animal que ajuda, a busca do herói por uma princesa a ser resgatada, os objetos mágicos (adquiridos por meio de um truque de esperteza característicos de heróis picarescos como Pedro Malasartes). Outros detalhes deliciosos são bem originais – como o dos gigantes que se divertem dançando ou das galinhas douradas ciscando no terreiro. Ou a belíssima imagem da estrela na testa, que brilha quando a princesa abre os olhos. Não apenas sinônimo de boa sorte, mas uma metáfora do dia e da primavera, das coisas boas e do lado luminoso da vida. De qualquer forma, como na tradição dos contos populares em geral, todos esses elementos se misturam para criar uma história de crescimento e formação, de autossuperação e entrada no mundo adulto. Uma história divertida e bonita que, com certeza, encantará os leitores brasileiros.

Ana Maria Machado

Reprodução

Andrew Lang. Nasceu em 31 de março de 1844, na Escócia.
Historiador, crítico literário e tradutor, produziu novas versões de *Arabian Nights*, da *Ilíada* e da *Odisseia*. Adaptou muitos contos de fadas, publicando-os em várias antologias, como *The Blue Fairy Book*, *The Orange Fairy Book* E *The Red Book Of Animal Stories*. Embora a maioria dos seus livros se destinasse ao público adulto, suas adaptações de histórias para crianças tiveram importância fundamental no imaginário vitoriano, que valorizava a fantasia e a imaginação como formas de aprender e ensinar. Faleceu em 1912, na Escócia.

Arquivo pessoal

Ana Maria Machado. Carioca, professora universitária e jornalista, Ana já publicou mais de cem livros para crianças e jovens no Brasil, no Japão, na Noruega, em mais de vinte países.
Em 2000, recebeu o prêmio internacional Hans Christian Andersen, o mais importante na literatura universal para crianças. Em 2003, tornou-se "imortal", sendo eleita para a Academia Brasileira de Letras. Recebeu, em 2007, o prêmio Life Achievement Press Award, pela Federação da Imprensa Brasileira na América.

Arquivo pessoal

Cláudia Scatamacchia. Os olhos da gente deslizam pelos traços delicados e fortes do desenho de Cláudia Scatamacchia. E descobrem detalhes: pedras podem não ser só isso, elas formam um desenho que é beleza pura.
Esta neta de imigrantes italianos nasceu em São Paulo, é formada em Comunicação Visual e diz: "Gosto de desenhar, de reinventar a linha, de revigorar o traço, de perseguir as sombras, de buscar as luzes, de saborear as cores."